পবিত্র অধিকারী কবিতা সংকলন

পবিত্র অধিকারী

Ukiyoto Publishing

All global publishing rights are held by

Ukiyoto Publishing

Published in 2022

ISBN 9789356975552

Edition 1

www.ukiyoto.com

উৎসর্গ মা তোমাকে

মা, তোমার কাছে আমি ঋণী।
এতটাই বেশি ঋণী যে, সেই ঋণ
হয়তো কোনও দিনও পরিশোধ করা
সম্ভব হবে না।

তোমার সাথে কাটানো লক্ষ লক্ষ স্মৃতি
আমাকে বেঁচে থাকবার প্রেরণা যোগায়।
তোমার ভালোবাসা
আমাকে ভালোবাসতে শেখায়।

সূচীপত্র

কর্মযোগী	১
অতুলনীয় মা	৪
চিরন্তন সত্য	৭
পাহাড়, সমুদ্র এবং একটি মিষ্টি প্রেমের গল্প	১০
রহস্যময়ী	১৩
সাদা এবং কালো	১৫
রক্ত দিয়ে	১৮
ঝলমলে রাত্রি এবং কিছু ফাঁপা মানুষ	২১
কসাই	২৩
কেউ যুদ্ধ চায় না	২৪
তোমাকে চাই	২৫
রঙীন প্রতিজ্ঞা	২৬
ধর্মকে করো কুসংস্কারমুক্ত	২৭
এই রাজনীতি কেমন রাজনীতি	২৯
রঙ-বেরঙী পাখি	৩১
নিঃসঙ্গতার ছুরি	৩২
ভুত	৩৪

একটা তুচ্ছ ঘটনা ৩৫
কালো টাকার ধনী ৩৭
অন্ধকারের মেয়ে ৩৮
প্রেয়সী ৩৯
ক্যাকটাসের একটি ছোট ফুল ৪১
আমি হারিয়ে গেছি ৪৩
স্বপ্নভঙ্গ ৪৫
একতাই বল ৪৮
বন্ধন ৪৯
সোনালি ডানার চিল ৫০
শতরুপা ৫২
এমন সুন্দর একটা গ্রাম ৫৪
আমার জীবন ৫৬

লেখক সম্পর্কে ৫৮

কর্মযোগী

আমি নাস্তিক নই,
তবে পূজো অর্চনা
খুব একটা করি না।
তাই আমাকে দেখলেই অনেকে
নাস্তিক মনে করে।
আমি আমার উপার্জনের
একটা অংশ
অনাথ আশ্রমে এবং বৃদ্ধাশ্রমে
দান করি।
আমার কাছে এটাই পূজো,
যদিও আমার দান অতি সামান্য।

সবুজ রঙ আমার খুব প্রিয়।
তাই গাছ লাগাতে
আমি খুব পছন্দ করি।
শান্ত স্নিগ্ধ সবুজ একটা পৃথিবী
আমার স্বপ্ন।

আমি ফুল ভালোবাসি।
তবে বাড়িতে ফুলদানিতে
ফুল সাজিয়ে রাখার শখ
আমার নেই।
আমি পাখি ভালোবাসি।
তবে বাড়িতে খাঁচায় পাখিকে
বন্দী করবার ইচ্ছে
কখনও আমার হয় না।

একসময় পার্থিব বস্তুর মধ্যে
প্রকৃত আনন্দ খোঁজার চেষ্টা
আমি করেছি, ভুল করেছি।
ব্যর্থ হয়েছি।

আমি ধ্যান-এর মাধ্যমে
ঈশ্বরকে উপলব্ধি করার
চেষ্টা করেছি,
কিছুটা সফল হয়েছি।
সর্বত্র সর্বজীবে ঈশ্বর বিদ্যমান।
তা বুঝতে পেরেছি।
ভালোবাসা এবং অসহায়কে সহায়তা
করার মধ্যে যে প্রকৃত আনন্দ রয়েছে,
তা বুঝতে পেরেছি।

কর্মকে আমি জীবনের ধর্ম
মনে করেছি।
কর্মের মধ্য দিয়ে সমাজের
উন্নতির চেষ্টা করেছি।
অসহায়ের পাশে দাঁড়ানোর
চেষ্টা করেছি,
যদিও আমার অবদান অতি সামান্য।

যদি একটা অসহায় পরিবারকে
আমি আশার আলো দেখাতে পারি,
হলুদ রঙের প্রদীপের আলো
তাদের অন্ধকার জীবনে জ্বালাতে পারি,
তবে আমার মনে হবে যে
আমার জীবনটা ব্যর্থ হয়নি।

আমি মনে প্রাণে বিশ্বাস করি,
যে হাত সেবা করে
তা যে ঠোঁট প্রার্থনা করে,
তার চেয়ে বেশি পবিত্র।

অতুলনীয় মা

মা, তুমি নেই
তাই এই পৃথিবীতে কোটি কোটি মানুষের
মধ্যেও নিজেকে খুব একা মনে হয়।
মনে হয়, আমাকে সেভাবে ভালোবাসার মতো
কেউ নেই।

নিজে আধপেটা খেয়ে
সন্তানের মুখে আহার তুলে দেওয়া,
মধ্যরাত্রিতে ঘুম থেকে ওঠে
সন্তানকে কম্বল দিয়ে ঢেকে দেওয়া।
এইসব একমাত্র মায়েদের পক্ষেই
করা সম্ভব।

দুশ্চিন্তার মধ্যে মায়ের সাথে
একটু কথা বললে মনে শান্তি আসে।
সমস্ত পীড়া কয়েক মুহূর্তের মধ্যেই
দূর হয়ে যায়।

এখন মা তুমি নেই,
তাই এখন যা কিছু কষ্ট দুঃখ বেদনা
মনের মধ্যেই রাখতে হয়,
ভাগ করে নেওয়ার মতো কেউ নেই।

ছোটবেলার থেকেই আমি মায়ের
খুব বাধ্য ছিলাম।
তবে আমার অন্যায় আবদারও
মা হাসিমুখে মেনে নিতো।

এখন সেইরকম আবদার করার মতো কেউ নেই।

ক্যান্সার-এর সাথে পাঁচবছর লড়াই করে
মা শেষপর্যন্ত ইহলোক
পরিত্যাগ করেছেন।
মাকে আমি বাঁচাতে পারেনি।

অবুঝ মনকে আমি বারবার
বোঝানোর চেষ্টা করেছি,
সবাইকে একদিন চলে যেতে হয়,
কারণ - প্রকৃতির নিয়মই তাই।

মা, তোমার কাছে আমি ঋণী।
এতটাই বেশি ঋণী যে, সেই ঋণ
হয়তো কোনও দিনও পরিশোধ করা
সম্ভব হবে না।

তোমার সাথে কাটানো লক্ষ লক্ষ স্মৃতি
আমাকে বেঁচে থাকবার প্রেরণা যোগায়।
তোমার ভালোবাসা
আমাকে ভালোবাসতে শেখায়।

এই পৃথিবীতে সবচেয়ে সুন্দর শব্দ মা।
অতুলনীয় মা।
ঈশ্বরের দেওয়া ভালোবাসার প্রতিমূর্তি মা।
ভালোবাসার জন্য ত্যাগ, নিঃস্বার্থ ভালোবাসা
মায়েদের কাছ থেকেই শিখতে হবে।
আমার চোখে, নারী হল মায়ের জাত।
প্রত্যেক নারীর মধ্যে আমি একজন
মহান মা-কে দেখতে পেয়েছি,
কখনও তা প্রকট। কখনও তা প্রচ্ছন্ন।
নারীকে তাই আমি সৃষ্টির উৎস মনে করেছি,

নারীকে আমি সম্মান করেছি,
নারীর স্থান আমার চোখে তাই অমূল্য।

চিরন্তন সত্য

হাজার বছর আগে আমরা জানতাম
পৃথিবী স্থির এবং সূর্য তার চারিদিকে ঘোরে।
পরে জানতে পারলাম, সব ভুল।
সূর্য পৃথিবীর চারিদিকে ঘোরে না।
পৃথিবী সূর্যের চারিদিকে ঘোরে।
জানতে পারলাম আমরা
বিভিন্ন নক্ষত্র, গ্রহ, উপগ্রহ,
গ্যালাক্সি, ব্ল্যাকহোল, ওয়ার্ম হোল
এবং নানারকম অবিশ্বাস্য তথ্য।
হয়তো ভবিষ্যতে এইরকম অনেক চমক
আমাদের জন্য অপেক্ষা করছে।

হয়তো হাজার বছর পরে
আমরা জানতে পারবো যে এই বিশ্বব্রহ্মাণ্ডের
প্রতিটি কণার মধ্যে প্রাণ রয়েছে।

হয়তো হাজার বছর পরে
আমরা জানতে পারবো যে
এই বিশ্বব্রহ্মাণ্ডের প্রত্যেকটি মস্তিষ্ক
একে অপরের সঙ্গে সংযুক্ত এবং

একটা বিন্দু দ্বারা নিয়ন্ত্রিত হয়।
হয়তো হাজার বছর পরে
আমরা জানতে পারবো যে
এই মহাবিশ্বেরও একটা সীমানা আছে।
সেই মহাবিশ্বের বাইরে আছে
সমান্তরাল আরো অনেকগুলো মহাবিশ্ব।
এভাবেই সময়ের সাথে সাথে
আমাদের জ্ঞান বিজ্ঞানের পরিভাষা পরিবর্তিত হয়।

আজকে আমি যেখানে দাঁড়িয়ে আছি,
হয়তো হাজার বছর আগে সেখানে ছিলো ঘন জঙ্গল।
রাত্রি বেলায় এখানে শেয়ালের ডাক শোনা যেতো।
বনবিড়ালের দল চারিদিকে ঘুরে বেড়াতো।
রংবেরঙের নানারকম পাখি
এখানে ডানা মেলে উড়ে বেড়াতো।
পাখিদের রাজত্ব ছিলো এখানে।
সময়ের সাথে সাথে সেই ঘন জঙ্গল
এখন কল্লোলিনী তিলোত্তমা কলকাতা মহানগরীতে
ঝলমলে নাগরিক সভ্যতায় পরিবর্তিত হয়েছে।

হয়তো হাজার বছর পরে এই শহরে
মানুষ থাকবে না।
চারিদিকে তখন গিজগিজ করবে
অদ্‌ভুত অদ্‌ভুত রকমের দেখতে

ভিন্ন গ্রহের সব প্রাণী।
নিত্যনতুন প্রযুক্তি তখন
এই শহরকে নিয়ন্ত্রিত করবে।
হাজার বছর পর এই শহর
পুরোপুরিভাবে পাল্টে যাবে।

এভাবেই সময়ের সাথে সাথে
আমাদের অস্তিত্ব পরিবর্তিত হয়।

সময়ের চেয়ে বেশি শক্তিশালী
এই বিশ্বব্রহ্মাণ্ডের অন্য কিছু নেই।
সময়ের সাথে সাথে এই
প্রকৃতি রূপ বদলায়।
সেই অপরূপ এবং পরিবর্তনশীল সৌন্দর্যকে আমি
চিরন্তন সত্য মনে করি।
সেই চিরন্তন সত্যকে
আমি আরাধনা করি।

পাহাড়, সমুদ্র এবং একটি মিষ্টি প্রেমের গল্প

যখন তোমার সাথে আমার
প্রথম দেখা হয়েছিলো,
সেদিন আমি তোমাকে জিজ্ঞেস করেছিলাম,
তোমার কি বেশি ভালো লাগে?
সমুদ্র না পাহাড়?
তুমি বলেছিলে সমুদ্র, আমি বলেছিলাম পাহাড়।

তুমি ভালোবাসতে উশৃংখল, প্রাণবন্ত সমুদ্রকে
আমি উপভোগ করতাম পাহাড়ের নিস্তব্ধতাকে, স্নিগ্ধতাকে।
ছোটোবেলায় বাবার কোলে
ঘুমিয়ে থাকার সময়
আমি যেমন আনন্দ অনুভব করতাম,
পাহাড়কে বুকে জড়িয়ে ধরে আমি যেন সেইরূপ
উচ্ছ্বসিত হতাম।

পাহাড়ের গা বেয়ে উপরে উঠা,
পাহাড়ের গায়ে জলপ্রপাতের স্পর্শে
নিজেকে সিক্ত করা।
পাহাড়ে বৃষ্টির অপরূপ রূপ উপভোগ করা,
পাহাড়ি নদীর জলে স্নান করা,

পাহাড়ের গায়ে, জঙ্গলে সারাদিন ঘুরে বেড়ানো,
তারপর পথ হারিয়ে ফেলা।
পাহাড়ের বুকে এভাবেই নিজেকে
নতুনভাবে আবিষ্কার করতাম।
সেইসব অনুভূতি কি
ভাষায় প্রকাশ করা যায়?
পাহাড় আমাদেরকে কত নদী উপহার দিয়েছে?
কত সভ্যতার সৃষ্টি করেছে?
আমরা কি কেউ তার হিসেব রেখেছি?
তুমিও সেইরূপ সমুদ্রের অপরূপ সৌন্দর্যকে
উপভোগ করে পুলকিত হতে।

আমাদের দুজনের মধ্যে এত অমিল থাকা স্বত্বেও
দুজনের দু'জনকে ভালোলাগতে শুরু হল,
দুজনে দু'জনকে ভালোবাসতে
শুরু করলাম।
তারপর বিয়ের পর দশ বছর পেরিয়ে গেলো।
এখন আমাদের মধ্যে মানসিক দুরত্বটা
অনেকটা কমে গিয়েছে।
ধীরে ধীরে এখন আমার সমুদ্রকে
ভালো লাগতে শুরু করেছে।
পাহাড়ের গগনচুম্বী রূপ যেমন আমাকে
মোহিত করেছে,
সমুদ্রও তেমনি তার অপরূপ

বিশালতায় আমাকে আপন করে নিয়েছে।
ঠিক তেমনই তুমি এখন
পাহাড়কে ভালোবাসতে শুরু করেছো।

ভালোবাসার ক্ষমতা অনেক।
পাহাড় এবং সমুদ্রকে এক করে দিতে পারে।
ভালোবাসা বৈচিত্র্যের মধ্যে ঐক্য স্থাপন করে।
এই প্রকৃতির প্রত্যেকটি কণার মধ্যে রয়েছে
সেই ভালোবাসা।

সেই ভালোবাসা দিয়েই হয়তো ঈশ্বর
এই অপরূপ সৌন্দর্যকে সৃষ্টি করেছেন।
তার কতটুকুই বা আমরা জানি?
তাই আমরা ঠিক করেছি
দুচোখ ভরে সেই অপরূপ সৌন্দর্য্যকে
উপভোগ করবো।
কারণ সৌন্দর্য্যই হলো সত্য।

রহস্যময়ী

পুরুষ ও প্রকৃতির মিলনের ফলে
সৃষ্ট এই বিশ্বজগত
আদি-অন্ত-হীন
বিজ্ঞানের ভাষায় ক্রমাগত বর্ধিতমান,
উপভোগ্য লাবন্যময়ী সৌন্দর্যময়ী
কখনও বা নিষ্ঠুর ভয়ংকরী
বৈচিত্রময়ী।
এই বিশ্বজগতের অপর নাম
তাই রহস্যময়ী।

সেই রহস্যের উন্মোচন করতে গিয়ে
প্রকৃতির সঙ্গে আমার সম্পর্ক নিবিড়তর হয়ে উঠেছে।

বেদ বেদান্ত উপনিষদের চর্চায়
ধ্যান-মগ্ন অবস্থায়
পরম-আত্মার স্বরুপকে
উপলব্ধি করার চেষ্টা করেছি।
আমি আপ্লুত, মুগ্ধ হয়েছি।
বুঝতে পেরেছি সুখ দুঃখ
প্রেম ভালোবাসা কামনা বাসনা
লোভ হিংসা ক্রোধ ঘৃণা
বিচিত্র সব অনুভূতি-রহস্যময়ী।

বিজ্ঞানের এতদিন ব্যাখ্যা দিয়েছে যত
আলো রহস্যময়
অন্ধকারও অনুরূপ রহস্যময়ী।

ম্যাটার ডার্কম্যাটার অ্যান্টিম্যাটার
এনার্জি ডার্কএনার্জি পজেটিভ নেগেটিভ
ডাইমেনশন টাইম
কোয়ান্টাম মেকানিক্স মহাকর্ষ তরঙ্গ।
রহস্য বেড়েই চলেছে ক্রমাগত।
প্রকৃতির ভাষা গণিতের ব্যাখ্যা
সহজ বোধগম্য নয়।
রহস্য লুকিয়ে রয়েছে প্রত্যেকটি সংখ্যায়।

প্রকৃতির নিয়ম বড়ই বৈচিত্রময়।
এখানে ক্ষুধা নিবারণের জন্য
অন্য জীবকে হত্যা করতে হয়।
শক্তি স্থানান্তরিত হয়
এই নিষ্ঠুর প্রক্রিয়ায়।
মৃত্যু চাই না এই সুন্দর ভূবনে
এই কথাটা যেমন সত্যি,
বেঁচে থাকবার জন্য এক জীব
অন্য জীবকে হত্যা করতে বাধ্য হয়,
শক্তির স্থানান্তরণ তেমন সত্যি।

সাদা এবং কালো

আমি সাদাকে সাদা বলি
কালোকে বলি কালো
সবকিছুকেই যে বলতেই হবে ভালো
সেই নীতি আমার নয়।
যদিও আমি জানি
সাদা এবং কালো
ভালো এবং খারাপ
আলো এবং অন্ধকার
দিন এবং রাত্রি
আপেক্ষিক।

জীবন এবং মৃত্যু
আপেক্ষিক।
জীবনের শেষে মৃত্যু আসবে
মৃত্যুর পর আবার নতুন জীবন।
দিনের শেষে যেমন রাত্রি নেমে আসে
তেমনি রাত্রির পর আবার দিন আসবে।

পুরুষ এবং প্রকৃতি
নর এবং নারী
ব্রহ্ম এবং আদিশক্তি
পদার্থ এবং শক্তি,
সময় এবং বহুমাত্রিক স্থান
আপাত দৃষ্টিতে আলাদা মনে হলেও
প্রকৃতপক্ষে এক এবং অভিন্ন।
একে অপরকে সম্পূর্ণ করে।

পজেটিভ এবং নেগেটিভ
ম্যাটার, অ্যান্টিম্যাটার, ডার্ক ম্যাটার
এনার্জি , ডার্ক এনার্জি
একে অপরের পরিপূরক।

আমরা কেউ আত্মনির্ভর নই।
প্রত্যেকে আমরা প্রত্যেকের তরে।
দেওয়া নেওয়া হয়ে চলেছে।
এভাবেই আমরা একে অপরের ওপর
নির্ভর করে বেঁচে আছি।

আমরা যা অনুভব করি
তা সত্য মনে করি,
তবে আমাদের অনুভবের জগতের বাইরেও
একটা বিশাল জগত রয়েছে।
আমাদের অনুভব আপেক্ষিক
সৌন্দর্য্য ভালোবাসা আনন্দ
আপেক্ষিক।
স্থান কাল পাত্র ভেদে তা পরিবর্তিত হয়।

ঈশ্বর সত্য জগত মিথ্যা
তবে আমার অনুভবের জগতে
অদৃশ্য ঈশ্বর এবং দৃশ্যমান প্রকৃতি-র
মধ্যে কোনও প্রভেদ নেই।
ঈশ্বরের মধ্যে আমি প্রকৃতিকে এবং
প্রকৃতির মধ্যে আমি ঈশ্বরকে পেয়েছি।

আমি সাদাকে সাদা বলি
কালোকে বলি কালো
সবকিছুকেই যে বলতেই হবে ভালো

সেই নীতি আমার নয়।
এই বিশ্বজগতকে রঙিন চশমা পরে
দেখার ইচ্ছে নেই আমার।

রক্ত দিয়ে

দাঙ্গার সময় সেটা
এপাড়ায় হিন্দু, ওপাড়ার মুসলিম
একে অপরের রক্তে করল রক্তিম।
রক্তাক্ত সেই গলিপথ।
সেই পথে একদিন হঠাৎ দেখি
পড়ে আছে তোমার রক্তাক্ত দেহ।
তুমি হিন্দুর মেয়ে, আমি মুসলমানের ছেলে
তবুও তোমায় কোলে নিয়ে তুলে
আমি ছুটে গেলাম হাসপাতালে।

সেখানকার ডাক্তারবাবুরা আমার চেনা
তাই চিকৎসার কোন ত্রুটি রইল না।
আমার দেহ থেকে রক্ত নেওয়া হল
বেশ কয়েক বোতল রক্ত।
সেই ফোঁটা ফোঁটা রক্ত
তোমার দেহে ছড়িয়ে পড়ছিল।
আমার সেই রক্ত, আমার ভালবাসা
তোমার রক্তের সাথে মিলে মিশে গিয়েছিল।
অনুভব করেছিলাম এক অদ্‌ভুত শিহরণ।

তারপর অনেক রাত্রিতে তোমার জ্ঞান ফিরল।
তুমি আমার দিকে তাকালে
আমি তোমার দিকে তাকালাম।
তোমার চোখ ফেঁটে এল জল।
আমি সেই জল মুছে দিলাম।
তোমার চোখ থেকে ঝরে পড়া

এক ফোঁটা জল
আমার বুক থেকে ঝরে পড়া
এক ফোঁটা রক্তের চেয়েও বেশী মূল্যবান।

তারপর! তারপর অনেক রাত্রিতে
সেই গলিপথে যখন বাড়ি ফিরছিলাম;
তখন-ই হঠাৎ আমাকে লাঠি হাতে
কয়েকজন(ভদ্রলোক) ধরে নিয়ে গেল
একটি পরিত্যক্ত ভাঙা মন্দিরের কোণে।
কয়েকদিন পর সেখান থেকে
একটা পঁচা লাশের গন্ধ পাওয়া গেল।
কিন্তু আমার কপালে জুটল কেন এই শাস্তি?
আমাদের পাড়ার একটা ছেলে
দেবতার মূর্তিকে অপবিত্র করেছিল; হয়তো তাই।

হায়! ঈশ্বর, হায়! আল্লা!
ভাবতেও অবাক লাগে---
তুমি এতো সহজেই অপবিত্র হয়ে গেলে।
তোমার সন্তানের রক্ত ঝরালো লড়াই করে
আর তুমি চুপ করে থাকলে।
ভাবতেও অবাক লাগে।
যে মন্দির ভাঙে সে যদি ধার্মিক হয়,
যে মসজিদ ভাঙে সে যদি ধার্মিক হয়,
তবে নাস্তিক কে? তবে অধার্মিক কে?

আজ আমি নেই, তবু আমি আছি।
ওগো প্রিয়ে, তোমার শিরায়, তোমার ধমনীতে
আমি এখনও বেঁচে আছি,
তোমার হৃদয়ে, তোমার মস্তস্কে
সেই রক্ত এখনও খেলা করছে।

হিন্দুর লাঠি আর মুসলমানের তরোয়াল
সেই রক্তকে আলাদা করতে পারবে না।

ঝলমলে রাত্রি এবং কিছু ফাঁপা মানুষ

ঐ যে ঐ দিকে তাকিয়ে দেখো
ঐ কবরের তলায় ঘুমিয়ে আছে কয়েকটা ফাঁপা মানুষ ;
ঐ দিকে কয়েকটা ফাঁপা মানুষ হেঁটে চলেছে
বুকের ওপর ভর দিয়ে সরীসৃপের মতো।
আরও কয়েকটা ফাঁপা মানুষ হয়তো
অপেক্ষা করছে পবিত্র ফেরিঘাটে।
কোনও অসতর্ক মুহূর্তে নেমে আসবে
এই পৃথিবীর বুকে বোঝা হয়ে।

চারিদিকে ঢাক ঢোল সানাই বাজছে।
ছেলেমেয়েরা সবাই বাবু সেজে
নতুন জামা কাপড় পরে
গায়ে বিদেশী সুগন্ধি লাগিয়ে
খোশ মেজাজে ঘুরতে বেরিয়েছে।
এক একটা মন্ডবের সামনে দাড়িয়ে
জুতো খুলে মূর্তির সামনে মাথা ঠুকছে।
বেশ ভদ্র লাগছে তাদেরকে দেখতে।
অথচ মনের ভিতরে কতটা নোংরা
একবারও ঝেড়ে ফেলবার চেষ্টাও করছে না।

বড় অসহ্য বোধ হয় এই ঝলমলে রাত্রির যন্ত্রণা;
যে রাত্রি যন্ত্রণার অংশীদার হয় না।
এই অন্ধকার ঘরের এককোণে বসে
আমি একটা প্রশ্ন ছুড়ে দিই
ঐ ঝলমলে রাত্রির পাথরের মূর্তির দিকে,

তুমি কোথায় আছো? কোথায়?
ঐ বিশাল আড়ম্বরে,ঐ বিশাল বিশাল পূজোয়
না, ঐ অন্ধকার ঘরের এককোণে
যেখানে বসে একটি মেয়ে ডাকছে তোমায় আপন মনে।

কসাই

আমরা নির্দয়, আমরা কসাই সমাজ
পশু পাখি হত্যা করাই আমাদের কাজ।
আমরা নষ্ট করি প্রকৃতির ভারসাম্য
পৃথিবীকে ধ্বংস করাই আমাদের কাম্য।
আমরা পাপী, আমরা কলিযুগের অসুর।
মৃত্যুরাজা আমরা এই বন্য পশুর।
আমরা আজ সকলেরেই ঘৃণার পাত্র
অসহনীয় জ্বালা আমাদের দিবারাত্র।
কিন্তু শুধু আমরাই কি নির্দয় নিষ্ঠুর?
পৃথিবী কি নয় আজ পাপে ভরপুর?
যাদের তরে লিপ্ত আমরা এই কাজে,
বাবু নাম যাদের এই সভ্য সমাজে।
এই পশুর মাংস যাদের খাদ্য হয়,
তারা কি আমাদের থেকেও নিষ্ঠুর নয়?

কেউ যুদ্ধ চায় না

কেউ যুদ্ধ চায় না।
আমরা কেউ যুদ্ধ চাই না।

কারন আমরা জানি
একবার যুদ্ধ শুরু হলে
আমাদের ফুর্তির ব্যাঘাত ঘটবে।
আমরা যেন শান্তিতে থাকতে পারি,
সেইজন্য কত সৈনিক
হাঁটুতে বুকে আর মাথার ঘিলুতে
গুলি খেয়েছে
আমরা কেউ তার হিসেব রাখি না।
শান্তির মর্মটা যে কি
আমরা তাও বুঝতে চাই না।

সেইসব সৈনিকেরাও যুদ্ধ চায় না।
কারন ওরা জানে
একবার যুদ্ধ শুরু হলে
ওদের বাড়ি ফিরে যাওয়ার সম্ভাবনা
অনেক কমে যায়।
তবু ওরা যুদ্ধে যায়।

আমরা যেন শান্তিতে থাকতে পারি
আমাদের ফুর্তির যেন কোন ব্যাঘাত
না ঘটে,
সেইজন্য ওরা যুদ্ধে যায়।

তোমাকে চাই

আমি চাই, কবিতা – আমি তোমাকে চাই।
তুমি চোখ খোলো, চোখের দিকে তাকিয়ে
এশিয়ার সুন্দর সকাল আমি দেখতে চাই।
তুমি আমার দিকে একটু হাত বাড়াও
ইউরোপের ডুবে যাওয়া সূর্য্যকে ছুঁতে চাই।

আমি চাই, কবিতা – আমি তোমাকে চাই।
তোমার ঐ একটু একটু ছোঁয়ার মাঝে
আন্টার্টিকার শীতলতা খুঁজে পেতে চাই।
তুমি আসো, আমায় একটু ভালোবাসো
আমি অস্ট্রেলিয়ার সী–বিচে ডুবে যেতে চাই।

আমি চাই, কবিতা – আমি তোমাকে চাই।
তোমার মাঝে কলম্বাসের মতো আমেরিকা
নতুন নতুন ভাবে আবিষ্কার করতে চাই।
তুমি যদি হতে চাও আফ্রিকার বনভূমি
আমি তোমার মাঝে হারিয়ে যেতে চাই।

আমি চাই, কবিতা – আমি তোমাকে চাই।
তোমার মাঝে জংলী উদ্দামতা চাই
মরুভূমির বুক ফাটা পিপাসা চাই।
আমি আমার পুরো জগতটাকে তাই
তোমার ঐ একটা শরীরের মধ্যে পেতে চাই।

রঙীন প্রতিজ্ঞা

মৃত্যুর রঙ নীল, গাঢ় নীল।
জীবনের রঙ অনেক রকম
হতে পারে।
সাদা কালো হলুদ বেগুনী
লাল বা খয়েরী,
জীবন অনেক রকম হতে পারে।
কিন্তু মৃত্যু একটাই...
মৃত্যুর রঙ নীল, গাঢ় নীল।

রক্তের রঙ লাল।
চলো, এই লাল রঙকে সাক্ষী রেখে
আজকে আমরা সবাই এক হয়ে
এক সাথে প্রতিজ্ঞা করি,
সন্ত্রাসমুক্ত একটা সাদা পৃথিবী
উপহার দিয়ে যাবো।
সবুজ একটা পৃথিবী
শান্ত-স্নিগ্ধ, এই আমাদের স্বপ্ন।

এই পৃথিবীর বুক থেকে
সন্ত্রাসের সমস্ত কালো রঙ
দুর করবো আমরা।
ভালোবাসার রামধনু রঙ দিয়ে
রাঙিয়ে দেবো পৃথিবীটাকে নতুনভাবে।
চলো, আজকে আমরা প্রতিজ্ঞা করি,
নীল নিশ্চিত মৃত্যুকে বরণ করবার আগে
এটুকু আমাদের করতেই হবে, বন্ধু।

ধর্মকে করো কুসংস্কারমুক্ত

ধর্মকে করো কুসংস্কারমুক্ত
যে ধর্ম মানুষকে ভালোবাসতে শেখায়
যে ধর্ম মানুষকে সেবা করতে শেখায়
যে ধর্ম সঠিক পথ দেখায়
যে ধর্ম বৈচিত্র্যের মধ্যে ঐক্য স্থাপন করে
সেই ধর্মই হল পরম ধর্ম।
যে ধর্ম মানুষের মধ্যে বিভেদ সৃষ্টি করে
যে ধর্ম অকারণে হিংসা করতে শেখায়
যে ধর্ম কুসংস্কারে আচ্ছন্ন
সেই ধর্ম, ধর্ম নয়, অধর্ম।

আমার চোখে
ঈশ্বর এবং আল্লা- এর মধ্যে কোনো প্রভেদ নেই।
যে মন্দির ভাঙে, সে যদি ধার্মিক হয়
যে মসজিদ ভাঙে, সে যদি ধার্মিক হয়
তবে অধার্মিক কে ? নাস্তিক কে?
ধর্মের নামে এক কুৎসিত রাজনীতিতে
কত নারী পুরুষকে হত্যা করা হয়েছে
কত সাবালিকা নাবালিকা - কে
অত্যাচারিত অপমানিত করা হয়েছে।

তার কোনো হিসেব কেউ রাখে নি।
ধর্ম আজ কুসংস্কারে আচ্ছন্ন
ধর্মকে করো কুসংস্কারমুক্ত
ধর্মকে রক্ষা করো।
নয়তো অধর্ম এই বিশ্বজগতকে
একদিন শেষ করে দেবে।
ধর্ম এবং অধর্ম - এর মধ্যে লড়াই - এ
আমাদেরকে সঠিক পক্ষ নিতে হবে।
ধর্মকে প্রতিষ্ঠিত করতে হবে।
মানুষের মনে শুভবুদ্ধি জাগরিত করতে হবে।
মানুষকে ভালোবাসতে শেখাতে হবে ।

এই রাজনীতি কেমন রাজনীতি

এই রাজনীতি কেমন রাজনীতি?
নিজেদের স্বার্থসিদ্ধির জন্য
দেশের কথা, দশের কথা, কেউ ভাবছে না।
পাড়ায় পাড়ায় মিটিং মিছিল হচ্ছে
লক্ষ লক্ষ জনসমাগম হচ্ছে।
রাজনীতি নিয়ে মারামারি
ক্ষমতা নিয়ে মারামারি
সবাই নাকি দেশসেবা করতে চায়
দেশসেবার জন্য এতো মারামারি
ভাবতেও অবাক লাগে।

এতদিন যারা বিপদের সময়
এগিয়ে আসেন নি, লুকিয়ে ছিলেন
ভোটের সময় সবাই বেড়িয়ে পড়েছেন
তারা নাকি মানুষের জন্য কাজ করতে চায়।
তাহলে এতদিন কোথায় ছিলেন?
ধর্মকে হাতিয়ার করে খেলা চলছে।
সবাই মিথ্যা প্রতিশ্রুতি দিচ্ছে।
রাজনীতির কোনো মহৎ উদ্দেশ্য এখানে নেই,
শুধুই ভন্ডামি।

ভোট কেনা- বেচা চলছে পুরোদমে
রাজনীতি এখন এক অসাধু ব্যবসা'য়
পরিণত হয়েছে।

মানুষ অযোগ্য ব্যক্তির হাতে ক্ষমতা তুলে দিচ্ছে।
এভাবে একটা দেশ কিভাবে চলতে পারে?
এ কেমন পরিবর্তন? এ কেমন রাজনীতি?
মানুষ কি নিজের ভালো নিজেই বুঝতে পারছে না?
তাহলে এমন গণতন্ত্রের সার্থকতা কোথায়?
একজন সুযোগ্য ব্যক্তিকে কি আমরা নির্বাচিত
করতে পারবো না?

রঙ-বেরঙী পাখি

রঙ বেরঙী পাখি ডানা মেলে
আকাশে উড়ে বেড়ায়।
কিছু মানুষ সেই পাখি গুলোকে
বন্দী করে খাঁচায়।
খাঁচার মধ্যে সেই পাখি গুলো
ফুঁপিয়ে ফুঁপিয়ে কাঁদে।
তবু কেন জানি না
কিছু মানুষ ওই পাখিগুলোকে
খাঁচায় বন্দী করে রাখে।

হে ভগবান, তুমি আমাকে শক্তি দাও
আমি যেন সেই পাখিগুলোকে
খাঁচার বন্ধন থেকে মুক্ত করে
আকাশের বুকে ফিরিয়ে দিতে পারি।
আমি চাই, সেই রঙ-বেরঙী পাখি
আকাশের বুকে আবার
ডানা মেলে উড়ে বেড়াক।
শান্তি ও স্বাধীনতার বাণী
সমস্ত পৃথিবীতে ছড়িয়ে পড়ুক।

বাইরের স্বাধীনতা থেকে অন্তরের স্বাধীনতা বেশী দামী।
সেই অন্তরের হৃদয় পাখিকে মুক্ত করো।

নিঃসঙ্গতার ছুরি

নিঃসঙ্গতার ছুরি বুকে বিঁধিয়ে বিঁধিয়ে
দিনের পর দিন, রাত্রির পর রাত্রি
আমি এমনিভাবে কাটিয়েছি। কিন্তু কেন?

বাসরঘরে যখন তোমাকে, প্রিয়তম
বুকে টেনে নিয়েছিলাম, তখনই হায়!
ছিনিয়ে নিয়ে গেল তোমায়!

কিন্তু কোথায়? শুধালাম ক্লান্তকণ্ঠে
যুদ্ধ লেগেছে বুঝি নগরের উপকণ্ঠে
সেখানে যুদ্ধ হবে, রক্ত রক্ত খেলা হবে।

খুবই সরল সাধারণ আর গ্রাম্য আমি।
যুদ্ধের সেই রক্ত খেলা আর
রাজনীতির মারপ্যাচ কিছুই বুঝতাম না।
ভোরবেলায় ঝরে পড়া
শুভ্র শিউলি ফুলের মতো স্বচ্ছ সেই দৃষ্টি।

প্রিয়তম, তুমি বলেছিল আসবেই আসবে
যুদ্ধের শেষে আবার ফিরে আসবে।
যুদ্ধ শেষ হয়েছে যুদ্ধের দামামা আজ শান্ত
তবু আমার জীবনে ফিরে আসে নি সেই বসন্ত।

আমার শিশিরভেজা পাপড়ির স্পর্শে
ভরিয়ে দিতে পারলাম না তোমার মন।
হায়! তুমি তো আর আসবে না।

তুমি যে ঘুমিয়ে পড়েছো আর কোনদিন জাগবে না।
ভোরবেলার ঘুম ভাঙানো পাখি
তোমার ঘুম ভাঙাতে আর পারবে না।

ভুত

আমি এক অশরীরী, আমি এক ভুত
আমি দেবাদিদেব মহাদেবের দুত।
আমি অমর, তাই আমার মৃত্যু নাই
আমি যাই চাই তাই আমি পাই ভাই।
আমার থেকে খারাপ আর কেও নাই
আমি যাকে পাই তার ঘাড় মটকাই।
আমি পৃথিবিতে ডেকে আনবো সর্বনাশ
আমি তোমাদের করব আমার দাস।
আমি কোথায় থাকি? তা কারো জানা নাই।
তাহলে বলি, তোমরা তাই শোনো ভাই।
আমি থাকি না ঐ গভীর জঙ্গলে বনে
আমি থাকি শুধু ভীতু মানুষের মনে।
আমি আর কোথায় থাকি? তা বলি হেসে
আমি থাকি আর, গল্পে আর উপন্যাসে।

একটা তুচ্ছ ঘটনা

রোহিণী খুব চেয়েছিল
নিজের মতো আমাকেও
ছাত্ররাজনীতিতে জড়িয়ে ফেলতে।

রোহিণীকে তোমরা চেন না।
একসময় ও আমার
খুব ভালো বান্ধবী ছিল।
ও কিছু করতে চেয়েছিল
দেশের জন্য, সমাজের জন্য।
কিন্তু ওকে এক অসামাজিক শক্তির
সমর্থকেরা ধরে নিয়ে যায়।
ওর শরীর থেকে সমস্ত পোশাক কেড়ে নিয়ে
একটা অন্ধকার ঘরের মধ্যে
ওকে সাতদিন আটকে রাখে।
ওই অন্ধকার ঘর থেকে যখন
ও বের হয়,
ও পুরোপুরি পাগল হয়ে গিয়েছে।

কিছু অসামাজিক শক্তির সমর্থকেরা
এভাবেই আমাদের চোখের সামনে
পুরো দেশটাকে ন্যাংটা করে বিশ্রীভাবে
যত খুশি লুটপাট করছে।

আমরা সবকিছু দেখেও
না দেখার ভান করছি।

আমরা কি এভাবেই বেঁচে আছি ?
আমরা কি এভাবেই বেঁচে থাকবো ?

কালো টাকার ধনী

পাপী দেশের রাজা আজ যে হবে কেবা?
তাই মন্ত্রী মশাই ডেকেছেন এক রাজ্যসভা।
হাসতে হাসতে বলে প্রধান পকেটমার
আমাকেই তো রাজা হওয়া দরকার।
এই কথা শুনে বলে চোরের সরদার,
রাজাসনের প্রতি আমিই বেশি দাবিদার।
এতক্ষণ ডাকাত মশাই ছিলেন বসে
আমিই হবু রাজা, তাই বললেন হেসে।
সবশেষে মুচকি হেসে কালো টাকার ধনী
বলে, আমি এই পাপ সমাজের মধ্যমনি।
আমার মতো পাপ করা নেই কার সাধ্য,
তোদের পাপী হতে আমি করেছি যে বাধ্য।
মন্ত্রী বলে, তোমাকেই রাজভার সপি,
বুঝেছি, তোমার মতো নেই কোন পাপী।

অন্ধকারের মেয়ে

বৃথাই তোমাদের বৃথার পিছনে বৃথা ছুটে যাওয়া।
অমৃতের ভাগাভাগি নিয়ে
দেবতা-দানবে লড়াই কোনদিন ও শেষ হবে না।
সভ্যতার আলো পৌছায়নি যেখানে
সেই অন্ধকারের মেয়ে, অন্ধকারের প্রতিনিধি আমি।

পুরুষের হৃদয়ে আগুন জ্বলছে
সেই আগুনে তপ্ততা আছে, তৃপ্ততাই নেই।
তাই সে চায় একটু তৃপ্ত হতে;
তাই নারীর শীতলতায় আশ্রয় নেয়।
আর নারীদের
আগুনে জ্বলে পুড়ে মরবার সাধ চিরদিনের।
তপ্ততাকেই বুকে আঁকড়ে সে বাঁচতে চায়।
নারী পুরুষের তপ্ততা-শীতলতা
দেওয়া-নেওয়া হয়ে চলেছে; চিরদিন চলবেও।

এই বুঝি ভালোবাসা, না এক অস্পষ্ট আত্মছলনা?
আলো? সে কি আলো? না আলো না?
আলোর-কালোয় মিলে শুধুই ছলনা।
চারিদিকে তাকিয়ে দেখো, শুধুই অন্ধকার।
তুমি এসো প্রিয়তম, আমরা দুজনে মিলে
সেই অন্ধকারকে বুকে জড়িয়ে ধরি।
সেই অন্ধকারের বুকে চিরে, হৃদয়ের রোমন্থনে
যেটুকু অমৃত পাব, ভাগাভাগি করে নেব
পরম সুখে, দুইটি অতৃপ্ত তৃষ্ণার্ত বুকে।

প্রেয়সী

কবিতা, তুমি আমার প্রেয়সী, আমার কামনা
এই রঙ্গমঞ্চে চারিদিকে সুন্দর;
যেদিকে তাকাই, ভালোবাসতে ইচ্ছে হয়
সেই কামনা- বাসনার অমৃত
আমি বারবার পান করি আর
পাগলের মতো তোমায় ভালোবাসি
সেই ভালোবাসায় ভয় নেই, ভক্তি নেই
গোপনতা নেই, কৃপণতা নেই।

তোমার ঐ চোখদুটো আমায় ছাড়িয়ে
হারিয়ে গিয়েছে অনেক অনেক দূরে
যেখানে আলো আর আঁধার কোলাকুলি করে
যেখানে দিবাশেষে দিবাকর মুখ লুকায়
জলধির আঁচলে, সেই অস্তাচলে,
কি অপরূপ সেই গোধুলির সাজ!
চারিদিকে ঠিকরে পড়ছে সন্ধ্যারবির আলো।

সেই আলোয় ভেজা তোমার চোখদুটো
বড়ই গভীর- ঠিক যেন স্নান ভেজা
সেই অতল সাগরে ডুবে যেতে ইচ্ছে হয়
কিন্তু পা বাড়াতে ভয় পাই, যদি হারিয়ে যাই
চারিদিকে ঝিলিমিলি করছে
জোনাকির ঝিকিমিকি আলো।
হ্যাঁ, সূর্য এতক্ষণে ডুবে গেছে
ঠিক সাগরের বুকে---

ভয়ের অন্ধকার কাটিয়ে, উজ্জ্বল আলোকে।

ছলছল করছে সাগরের জল
তবু খুঁজে পাই নি সেই সাগরের তল।
আকাশের বুকে উঠেছে চাঁদ;
পৃথিবীর বুকে হাসছে পাহাড়।
দেখেছ কি কখনও সেই রুপের বাহার?
সেই ফুটফুটে জ্যোৎস্নায়
তারা দুজনে মিলে যেন লুকোচুরি খেলছে।
সেই লুকোচুরি খেলতে আমিও চেয়েছিলাম।

কিন্তু তুমি, তুমি যে অসীম পথের পথিক।
বিচিত্র তোমার রূপ, তাইতো বিচিত্র রূপেই
তোমায় খুঁজে পেয়েছি, তোমায় ভালোবেসেছি।
আমার সীমা-পরিসীমা
সবকিছু হারিয়ে গেছে তোমার মাঝে।
অন্তরে তুমি এক, শুধু একাকিনী
আমার হৃদয়ের ফসল রোপিনী।
তোমার মুখের শুভ্র হাসি
চোখের কোনের কালো জল
আমি শুধু ভালোবাসি।

ক্যাকটাসের একটি ছোট ফুল

একটি মেয়ে, বুঝতেই পারল না।
কখন যে একটা দমকা হাওয়া
তার ফাঁটা ঠোঁট আর তৃষ্ণার্ত বুকের
ভেতর দিয়ে ঢুকে গিয়ে জীবনের
প্রদীপের আলোটা নিভিয়ে ফেলল।
ঢেউ আর ঢেউ- এই তো জীবন
চারিদিকে শুধু থৈ থৈ হাহাকার।

জীবনটা সত্যিই মরুপাথারে হারিয়ে যাওয়া
একটা চোরাই পথ ছাড়া আর কিছু নয়।
সেই পথে একা একা চলতে হয়
একা একা লড়তে হয়।
চারিদিকে নিঃসঙ্গতার ঝলক
পথ হারিয়ে যাওয়ার ভয়
সেই নিঃসঙ্গতা কাটতে
মন যখন ব্যাকুল হয়ে ওঠে,
তখন কাছের মানুষকে কেউ খুঁজে পায়;
কেউ পায় না; কেউ আবার পেয়েও হারায়;
অনুভব করতে পারে না।
শুধু তাদের জন্য সত্যিই বড় দুঃখ হয়

তারপর সেই মেয়েটা আর চলতে পারল না।
সেই উত্তপ্ত বালুকারাশির ওপরে
ধীরে ধীরে ঘুমিয়ে পড়ল।
ধীরে ধীরে ঝরে পড়ল
ক্যাকটাসের একটা ছোট ফুল।

কিন্তু ঐ বালুর টিপি মাঝে
তার জীবনের লুকিয়ে থাকা
ইতিহাসের পাতাটা কেউ উল্টিয়ে দেখল না।

আমি হারিয়ে গেছি

আমি হারিয়ে গেছি।
সেই সকালবেলায় এসেছিলাম মেলায়
কিনেছিলাম তালপাতার বাঁশি
আর রাঙাচুরি পরেছিলাম হাতে।
তারপর মায়ের হাত ধরে বেড়াতে বেড়াতে
হঠাৎ হতভাগী, হলাম মায়ের হাত ছাড়া।
মায়ের বুক থেকে ছিটকে গেল চোখের তারা।
শরতের ফুটফুটে আকাশ
কালো মেঘ ছেয়ে গেল।

বৃষ্টি আর ঝড়ের ঘুর্ণিপাকে
সব কিছু মুছে গেল।
গ্রামে ফিরে যাওয়ার চেনা-অচেনা
সেই মেঠো পথ ছুটতে লাগলাম আমি।
কিন্তু কোথায় আমার বাড়ি?
চারিদিকে উঁচু উঁচু পাটগাছ আর বাঁশবন।
মাঝখানে সরু সেই রাস্তায় একা একা
চলতে গিয়ে আমি পথ হারিয়ে ফেললাম।
সূর্য তখন ঠিক মাথার ওপরে-ভরা দুপুর।

হায় রে ভ্রান্ত স্রষ্টা রবি
বৃথাই আঁকিলে তুমি জীবনের জলছবি।
তোমার শঙ্খ ধুলোয় পড়লে
তুমি সইতে পারো না।
আমার বাঁশি যে হারিয়ে গেছে
কাঁদার তলায়-তার বেলায়
তার বেলায় তুমি কেন নিরুত্তর?

তারপর সেই দুপুর গড়িয়ে বিকেল
বিকেল গড়িয়ে সন্ধ্যে হল।
তারপর এই নিশুতি রাত্রি।

আজ আকাশে চাঁদ ওঠে নি।
চারিদিকে গুমোটে একটা অন্ধকার।
যেন অমাবস্যার রাত
হয়তো বা তার চেয়েও বেশী
কিছু অঘটন ঘটে যাওয়ার অস্পষ্ট ইঙ্গিত।

কেউ জানতে চাইলো না
"খুকী, তুমি কাঁদছো কেন?"
তবু আমি অস্পষ্ট কথা, অস্পষ্ট ব্যথা
বাতাসে ভাসিয়ে দিলাম।
" আমি হারিয়ে গেছি"।
তারপর সত্যিই আমি হারিয়ে গেলাম-চিরতরে;
আর কোনদিন আসবে না ফিরে।
রাত্রির বায়ুলেশহীন অন্ধকার
নীরব সাক্ষী হয়ে রইল তার।

স্বপ্নভঙ্গ

আমি তোমায় খুঁজেছি সাগর সৈকতে
খুঁজেছি তোমায় সেই সুদূর মৈনাকে।
কিন্তু কোথাও তোমায় পাই নি
জীবনের জয়গান কোথাও শোনা যাই নি।
হতাশার টঙ্কারে, বেদনার ঝঙ্কারে
মৃত্যুর হুঙ্কার শোনা যায় মাঝে মাঝে।
মাঝে মাঝে শুনি তাই এক নীরব শঙ্খধ্বনি।
অরূপ জগতের আরেক অস্পষ্ট পদধ্বনি।

তাই সবশেষে নিরূপায় হয়ে
এসেছি তোমার কাছে সমাপ্তিতে;
তোমার মাঝে তোমায় খুঁজে পেতে;
তোমার সোনালি ছায়ায় আশ্রয় নিতে।
তবুও আমি এক অসহায় মেয়ে
কি দিয়ে ভোলাবো তোমায়-কি দিয়ে
আমার সবকিছু যে তোমারই।

আমার সব স্বপ্ন ভঙ্গ হয়েছে।
বর্ষার অভিসার, হয় না আর।
বর্ষণমুখনর দিনে হাটু কাদা রাস্তায়ে
পা ফেলে চলতে হয় অতি সাবধানে;
আর ঝড়ের রাত্রিতে বসে থাকি একা
তুমি আসবে না, হবে না দেখা।
তবু জানি, সশরীরে অথবা অশরীরে
আমায় পথ দেখিয়ে নিয়ে যাবে তুমি
তোমার ভালোবাসার প্রদীপের আলোকে
চির-আকাঙ্খিত কেই অমৃতলোকে।

তাই তো তোমার দুয়ারে এখনো দাঁড়িয়ে
জীবনের স্রোতে আমি, যাই নি হারিয়ে।

ওগো প্রিয়, প্রিয়তম-তোমার স্পর্শে
আমার হৃদয় নির্ঝারণীর স্বপ্নভঙ্গ হোক।
আমি বুঝি তাই চেয়েছিলাম, আমি জানি না।
আমি আধুনিক, তবুও আমার রক্তে
রোমিও-জুলিয়েতের রক্ত মাখা ব্যাথা;
আর এক আদিম পিপাসার
কানে কানে ফিস ফিস কথা।
আমি তা অস্বীকারে করতে পারি না।
তাই তাকে স্বীকার করেই আমার পথ চলা।

ধূলি ধূসরিত এই পৃথিবী
চারিদিকে গভীরে হতাশার শান্ত ছাপ;
আর অসীম বেদনার অক্লান্ত বিলাপ।
তাই তোমার অকৌতুহলী নীলাঞ্জনে
আর আমার আলুলায়িত কুন্তলে
সেই রোমান্টিকতা আজ আর নেই।
তাই রোমান্সবিহীন পান্‌ডুর আমার ভালোবাসা।

আমার সব স্বপ্ন ভঙ্গ হয়েছে।
"সাগরের জলে- জীবনের রসাতলে"
তিমি মাছ যেমন নিজের দেহটাকে
উপরের দিকে ছুড়ে ফেলে
আকাশের চাঁদের নাগাল পাবে বলে;
আমিও তেমন স্বপ্ন দেখেছিলাম।
কিন্তু ব্যর্থ হয়েছে সেই রোমান্টিক অভিলাষ।
ডাঙ্গা! সে তো অনেক দূর
তবুও আমরা সকলে ছুটে চলেছি

ঝাঁকে ঝাঁকে, জানি না কিসের আশায়
এক অজানা মৃত্যুর উষ্ণ-অভ্যর্থনায়।

একতাই বল

পাতার চিন্তার কোনো শেষ নাই, তাই
চুপি চুপি মূলকে সে ডেকে বলে, ভাই।
আমি সারা দিন রাত ভেবেছি বারবার,
বুঝতে পারি না কেন এই অনাচার?
ঐ যে নিষ্কর্মা কামচোর ডালপালা
কোনো কাজ করে না, তবু তারা খায় থালা।
খাবার তৈরি করি তুমি আমি মিলে।
তাহলে ওরা কি করে এই খাবার গিলে?
মূল বলে, তাই ওদের আর দিব না খাদ্য,
আমাদের পায়ের তলায় পড়তে ওদের করবো বাধ্য।
এই মোটা হচ্ছে আমাদের খাবার খেয়ে
কি লাভ আমাদের? ওদের খাবার দিয়ে।
তারপর থেকে ডালপালা খাবার নাই পেল,
খাবার না পাওয়াতে ডালপালা শুকিয়ে গেল।
কিছুদিন পর মূল ও পাতার হল একই হাল
সত্যি কথা বলতে কি একতাই আসল বল।

বন্ধন

পৃথিবীর সাথে বেঁধেছে আমাদের মন
বলতে পারো সে কোন অদৃশ্য বন্ধন?
সেই বন্ধন তো লৌহ ইস্পাতের নয়,
সেই বন্ধন তো কাউকে পায় নাতো ভয়।
সেই অদৃশ্য বন্ধন প্রেম প্রীতি আর
সকলকে ভালবাসার ভাললাগার।
আমি যতদিন এই পৃথিবিতে রবো
এই পৃথিবীকে মনে প্রাণে ভালবেসে যাবো।
আমি জানি, সব বন্ধনেরে করে ক্ষীণ
এই পৃথিবী ছেড়ে চলে যাব একদিন।
মৃত্যুকে তো ঠেকানো বড় মুশকিল
তাই যাদের সাথে হয় মনের মিল,
তাদের জানাবো শেষবারের বিদায়।
তবে আর ভয় কি মৃত্যুর বাজনায়?

সোনালি ডানার চিল

তোমাকে, কেন জানি মনে হয় খুব চেনা।
মনে হয় এই গলিপথে আমি এসেছি।
এই পাহাড়ের চূড়া, এই সাগরের ফেনা
কেন জানি মনে হয় আমার খুব চেনা।
হয়তো হাজার হাজার বছর আগে
তুমি ছিলে গার্গী মৈত্রয়ী লোপামুদ্রার ভীড়ে
অথবা শান্ত স্নিগ্ধ নির্জন নদীর তীরে।
আমি তোমায় দেখেছি পূব দিগন্তের ঘাটে
অথবা পশ্চিমে সেই তেপান্তেরের মাঠে।

ভালোবাসা মানে এক ফোঁটা চোখের জল
আর এক চিলতে মুচকি হাসির ঝলক।
ভালোবাসা মানে স্মৃতি আর স্বপ্নের আঙিনায়
একটা ছোট, সুন্দর, অপরূপ অশ্রুফলক।
পৃথিবীটা গোল
তাই হয়তো আবার দেখা হবে।
তবে সেদিন হয়তো
জীবনের অনেক চাওয়া পাওয়া শেষ হয়ে যাবে।
চিরবিরহের আভাস যে পেয়েছে
তাকে মিলনের আশ্বাস দেওয়া বৃথা।

যদি তুমি অসীমের হাত ধরে হারিয়ে যেতে চাও;
সোনালি ডানার চিলের মতো ডানা মেলে
আকাশে মহাকাশে উড়ে যেতে চাও;
তবে তোমায় হৃদয়ের খাঁচায়
পুরে রাখবার সাধ্য নেই আমার।

তবু তোমার স্নিগ্ধ সান্নিধ্যে, তোমার ঠোঁটের মাঝে
আমার জীবনের ঘুঙুর উঠুক বেজে
বুড়ো আঙুল দেখিয়ে চলে যাওয়ার আগে।

শতরূপা

শতরুপা, আমি তোমাকে শতরূপে খুঁজেছি
তোমাকে চেয়েছি, তোমাকে ভালোবেসেছি;
তারপর চোখ বুঁজেছি, তোমাকে দেখেছি;
তোমাকে পেয়েছি-আবার হারিয়েছি।
আমার গানে, আমার শিল্পে
শতরুপা, আমি তোমাকে শত রূপ দিয়ে
জীবন্ত করে তুলতে চাই।
তুমি চোখ তুলে একটু সন্মতি দাও
আমি সবকিছু উজাড় করে দিতে চাই।

আকাশের নীল পর্দার পিছনে লুকিয়ে
তুমি সোনালি ডানার চিল হয়ে ভাসছ?
মুক্তো ঝরা মুচকি মুচকি হাসি হাসছ।
মেঘলা দিনের আকাশের মতো
তোমার ঐ কৃষ্ণকরুণ গায়ের রঙ।
কালো জলের ঝর্নার মতো
তোমার ঐ কালো কালো চুল।
তোমার ঐ চোখ দুটো গভীর
ঠিক যেন কালো জলের সাগরের মতো।

আমার অনেক দিনের সাধ
আমি তোমার পাশে দাঁড়িয়ে পিয়ানো বাজাবো।

আমি আমার জীবন বিপন্ন করে
তোমাকে বাঁচাবো; তারপর আমিও
সেই অতল সাগরে ধীরে ধীরে ডুবে যেতে চাই।

এমন সুন্দর একটা গ্রাম

এমন সুন্দর একটা গ্রাম
আমি আগে কোনদিনও দেখে নি।
আমি সেই গ্রামের সাদা রাস্তার ওপর দিয়ে
চলার সময় এমন অনুভব করছিলাম যে,
আমি কোন স্বপ্নে দেখা রাজপ্রাসাদের ভিতরে
চলার সৌভাগ্য অর্জন করছি।
কোকিলের কুহু কুহু রব আমার কানে
এমন মধুর সুর ঢেলে দিচ্ছে যে,
স্বর্গের রাজপ্রাসাদের সংগীতবাদকের সুর
এই সুরের নিকট তুচ্ছ।

রাস্তার দুপাশে বড় বড় গাছগুলো দাড়িয়ে আছে।
সেগুলো রাজসভার সভাসদের মতো
আমাকে অভিবাদন জানাল।
মৃদুমন্দ বাতাস বইছে আর
কয়েকটা হরিণ সেই বাতাসের মধ্য দিয়ে
ছোটাছুটি করছে।
রাজপ্রাসাদের অপ্সরাদের নৃত্যও হয়তো
এতটা মনোহর আনন্দদায়ক নয়।

এমন সময় আমি দেখতে পেলাম
বিশাল বড় একটা শিমুলগাছকে।
রাজকুমারীর মতো সুসজ্জিত।
চারিদিকে ফুল ছড়িয়ে পড়েছে।
আমাকে ঐ রাজকুমারী এতোটাই
বেশি আকর্ষণ করলো যে
আমি চোখ ফেরাতে পারলাম না।

এই মিষ্টি স্নিগ্ধ সুন্দর সন্ধ্যাটা
মুহূর্তের মধ্যে ফুরিয়ে গেল।
জোনাকি আমাকে ঝিকিমিকি আলোতে
শহরে ফিরে যাওয়ার পথ দেখিয়ে দিল।

আমার হৃদয়ের মণিকোঠায় এই অপরূপ
সুন্দর গ্রামটা একদম গেঁথে গিয়েছে।
আমি কোনদিনও ভুলতে পারব না।

আমার জীবন

আমার জীবনে একটা সুন্দর মিষ্টি সকাল ছিল।
তখন আমার জীবন–নদী পার্বত্য উপত্যকার মধ্য দিয়ে
প্রবাহিত হয়েছিল।
আমার জীবন কুসুম ধীরে ধীরে প্রস্‌ফুটিত হওয়ার অপেক্ষায় ছিল।
আমি তখন আকাশছোঁয়া স্বপ্নের মধ্যে নিজেকে আবদ্ধ রাখতাম।

এখন আমার জীবনে এক উজ্জ্বল দুপুর।
আমার জীবন–নদী সমতলের ওপর দিয়ে প্রবাহিত হচ্ছে।
আমার জীবন কুসুমও আজ সম্পূর্ণভাবে প্রস্‌ফুতিত।
চারিদিকে ছড়িয়ে পড়েছে তার সৌরভ।
আমি আনন্দের রিমঝিম বৃষ্টিতে নিজেকে সিক্ত করেছি।

আমার জীবনে নেমে আসবে একটা স্নিগ্ধ সন্ধ্যা।
তখন আমার জীবন–নদী মৃত্যুসমুদ্রের দিকে অগ্রসর হবে।
আমার জীবন পুস্পের পাপড়িগুলো ঝরে পড়বে এক এক করে।
আমি আমার অতীত জীবনের স্মৃতিগুলো রোমন্থন করতে
থাকবো।

তারপর সেই গভীর কালো রাত্রি আসবে,
যখন আমার জীবন–নদী হারিয়ে যাবে এক অজানা মৃত্যু সমুদ্রের
মাঝে ।

একদিন এভাবেই সবকিছু শেষ হয়ে যাবে, আমার জীবনের গতি
থেমে যাবে।

তবু আমি বিশ্বাস করি
জীবন যদি একটা নদী হয়, তবে তার লক্ষ্য সমুদ্র নয়।
জীবনের লক্ষ্য আশেপাশের জমিকে উর্বর করে তোলা,
জীবনের লক্ষ্য সঠিকভাবে বয়ে চলা।

লেখক সম্পর্কে

পবিত্র অধিকারী

লেখক পরিচিতি: পবিত্র অধিকারী, পেশায় একজন শিক্ষক, কলকাতার একটি সুপরিচিত CAT GMAT প্রস্তুতি প্রতিষ্ঠান Pabitra Sir Classes -এর প্রতিষ্ঠাতা।

পবিত্র অধিকারী শুধু একজন নিবেদিতপ্রাণ শিক্ষকই নন, একজন অনুরাগী লেখকও বটে। তিনি শত শত কবিতা, গল্প, নিবন্ধ,কল্পবিজ্ঞানের কাহিনী, কমিকস ইত্যাদি লিখেছেন। তার লেখাগুলো মানব সম্পর্ক, দুঃসাহসিক কাজ, প্রকৃতি এবং প্রকৃতির সাথে মানুষের সম্পর্কের গল্প বিভিন্ন মাধ্যমে প্রকাশিত হয়েছে যেমন Apple Book, Google Play Books, Amazon Audible, Storytel, Kobo, Audiobooks.com, Scribd ইত্যাদি।

তিনি "ক্যামেলিয়ার অ্যাডভেঞ্চার" সিরিজও লিখেছেন, যা কলকাতার একটি বিখ্যাত বাংলা মাসিক পত্রিকা শুকতারাতে নিয়মিতভাবে প্রকাশিত হয়।